運ぶ眼、運ばれる眼

今井恵子

現代短歌社

目次

Ⅰ　土を踏む

Ⅱ　運ばれる眼

カバー装画＝岡﨑乾二郎
「Pacanowie kozy kuj/Jan and Wojciech, two bars／靴ヒモを解き、カカトで稼ぐ」
アクリル・カンヴァス　20.6× 16.7× 3cm　2021年

運ぶ眼、運ばれる眼

Ⅰ　土を踏む

静止するクレーンの下に並び立ちテトラポッドは海風のなか

五浦

2009

巡回バスの運転手は訛ある土地言葉を話した。

問わざるに海岸線へ目を移しあはは、あははは　屈託もなし鄙びた道を五浦へ歩く。河口の橋上にてしばらく、上ってくる潮を見おろす。

いつの日か船のデッキに揺られたし言葉を忘れ終日ひとり

「何ものかを言わずにおくことによって、見る者はその思想を完成する機会をあたえられる。かくして、偉大な傑作は見る者の注意を否応なくくぎづけにして、ついに見る者が現実に作品の一部分になっているような気持にさせる。虚は見る者を誘い、彼の美的情緒を十二分に満たすためにそこにある。」

（岡倉天心『茶の本』）

ここよりは海の領域　階ひとつ降れば水平線がかたむく

思想を完成させるのは、見る者であり、
読む者であり、感じる者だということ。

五浦なる岬に読みぬ「芸術は国民的なものでなければならず」

崖を吹き上る風に枯れた芒が煽られている。

岬なる六角堂にあわあわと冬の陽あるいは波の轟き

黒潮の上をわたりて吹く風のはるかむこうの巨きアメリカ

海に浮く島国日本のイメージは
涙ぐましかったにちがいない。

観瀾亭また観潮楼の眺望をまなかいに天心そして鷗外

「アジアは一つ」は、連続性の強調。だが、それにしても。否、それゆえに、か。

考案の烏帽子姿に釣竿の天心像の耐えがたさかな

「われわれのいいうることはただ、われわれの原始芸術の本来の精神はかつて死滅することを許されなかった、ということだけである。」（岡倉天心『東洋の理想』）

その脇に椿一樹をそよがせて丸き塚あり天心の墓

不安も僥倖も、はじまりは取るに足りない一点。

一点の白がたちまち膨らむは寄せきて岩を嚙む海の波

断崖に寄せてはかえす律動に芸術のこと民族のこと

板門店

2009

板門店はソウルから約50km北にある。朝鮮戦争休戦協定署名以来、長い睨みあいが続く。

ひんやりとペットボトルは手にさわり観光バスに乗り込むわれは

してならぬことのいくつか聞きながら板門店へと漢江に沿う

国連軍のバスに乗り換え二回目の旅券審査にバス内しずか

禁止事項に、タンクトップ・穴あきジーンズ・刺青・指差し行為・武器持ち込みほか。

「国連軍、アメリカ合衆国及び大韓民国は訪問者の安全を保障することはできませんし、敵の行う行動に責任を負うことはできません。」

（訪問者宣言書第一項）

よく読んで署名をせよと宣言書「危害をうける又は死亡する可能性があります」

検問の青きゲートの「IN FRONT OF THEM ALL」潜ればすなわち区域内（ＪＳＡ）なり

ＪＳＡはJOINT SECURITY AREAの略。整備された道路を進む。

中央に戦車止めとう区画あり爆発物のひそめる区画

武装している「非武装中立区域」は、開発の手が入らない。そのため自然が守られ、貴重な動植物が棲息しているという。多く地雷原である。

人間の見ることのなき水流が白き草根を洗いつづける

今日は参観できないかもしれないと告げられバス内に待機すること二十分。

取り出せる携帯電話の応答の兵士の挙措に息を凝らして

ようやくにバスを下ろされ建物の前に二列の縦隊となる

ガイドは再度注意を繰り返した。

コンクリートは一跨ぎなる高さなれど越えれば再びもどれぬと知れ

議場内はカメラ撮影が許され、不動の
姿勢を崩さない警備兵の横に立って記
念写真を撮る。ドアの向こうは北朝鮮。

室内はくまなく監視されていて影さえ許さぬごとき簡素さ

朝鮮半島中央にしてひしひしとタオルを絞りこむようにいる

視線が合うと相互に感情を刺激しかねないので、警備兵はサングラスを着用し直立する。

休戦下南北問題凝集の先端／後尾　微動だにせず

帰路の観光客はすこし寛いでいた。

日本は分断がなくて幸せですガイドが巧みな日本語に言う

観光客われらはただに頷いて脱北者の数なども問う

「過去の長い歴史にわたって、中国、日本、蒙古、満州等の伝統的侵略者は、この板門店を通って南北の韓半島を踏みにじった。」

（ガイドブック『韓民族分断の現場』）

知らざるは錘のごとき疚しさに戦後日本人なればことさら

武蔵五日市　①

2010

やわらかに曇る冬の日改札に人まばらなり武蔵五日市駅

平成22年正月4日、五日市小学校（明治6年開校）で人類見本を見る。木箱におさまった、樺太・朝鮮・沖縄・台湾の民族服を着た人形は、大正時代の教具。明治36年、大阪博覧会で物議をかもした「人類館」と、同じ発想である。

中央の女一体両の手の甲にくろぐろ刺青いれて

めずらしき衣服に刺青に目をみはり少年少女の学びたるもの

山間の小学生の眼（まなこ）もて見つめられたる植民地主義

だが、人形は多義的で。

しかしまた海の向こうの存在を少年少女は思っただろう

廊下に光がさして校舎内は静か。

指差して教えし者に忸怩たる長き戦後はあっただろうか

校舎の後ろは山。ときおり猿や猪が出没。

裏山の道に小さき鳥居あり奥の深きは闇の入口

テーブルに地図をひろげて。

地図に青く流れる川をたどりつつ教えられつつ土地の名を読む

はるかなる歴史を音に聞くごとく怒田畑（ぬたばた）・留原（とどはら）・人里（へんぼり）・笛吹（うずしき）

五日市街道は駅の前で、
桧原街道と名前がかわる。

上りゆく坂の途中を右に折れ五日市憲法草案の碑

人が行き人が交わる街道に民権思想はせりあがりたり

「明治維新ノ大改革ハ明治十年ノ西南戦争ヲ転機トシテ国内政治体制ノ近代化ニ向ウ機運ヲ起シ民間ニモ立憲政体ヲメザス革新的ナ自由民権思想ガ高揚シタ　ワガ五日市町ニオイテモ先覚ノ士ガ時運ヲ鋭敏ニトラエテ近村ノ同志ヲ糾合シ逸早ク新シイ学問思想ヲ学ブタメ五日市学芸講談会ヲ組織シタ」（建碑の辞）

学問の識域ひろびろ　吹く風に千葉卓三郎また深沢権八

起草者の千葉卓三郎は元仙台藩の下級武士、支援者の
深沢権八は土地の豪商。街道は時代に膚接していた。

声にして読む碑（いしぶみ）に冬日さし「ワガ五日市町」の「ワガ」の響きよ

炭焼きの村に働く女らも「新シイ学問思想」に触れただろうか

この土地を舞台にした久保田登歌集『にしたま』より次の三首を書き写し、年の初めを自祝する。

どのような遊びに使ひたるならむ冬の陽浴びて校庭の石
訪れる人も稀なる山の陰に特攻隊員乙津某(なにがし)の墓
万歳に送られてこの谷を出でゆきし三ヶ島葭子八十年前

校庭の石を見つめる歌びとの時間とともに灯の下にあり

職場にも道にも谷にもふかぶかと例うればマーク・ロスコーの黒

*

街道に日うら日おもて「近代」の大きあしあと小さきあしあと

武蔵五日市 ② 2010

またの日、養沢川を遡る。看板に「川まで一分、駐車料金ノミで遊べます」。左へ坂を下り、徳雲院境内へ。

まだ寒き水のほとりに下り来て花に間(ま)のある梅の木の下

三ヶ島葭子の歌碑に、

筏組む木の音冴えて水ませるあさけのたにに鶯の鳴く

百年を経てあたらしき鑿跡に彫られて言葉はところを得たり

かつての産業は炭焼きと林業。切り出された木材は、筏師によって秋川、多摩川をくだり、江戸市中へ運ばれた。街づくりのためである。

筏組みて木を売る朝もあふれけん渓に水音、道に人の声

山間の空の明るさ　この山に木を伐る音の響きおりしか

ふと思い出して、手帳を繰る。「霞中春雨」の題にて、

隅田河蓑（みの）きてくだす筏士（いかだ）に霞（かす）むあしたの雨をこそ知れ

加藤千陰

ここに組まれくだり行きけん多摩川を雨の朝も筏士のせて

東京の街を幾筋ながれゆきしずかなるかな水の力は

それゆえ、閉ざされた山間の地にも、江戸の言葉が流れ込んだという。明治の末、この地に赴任した三ヶ島葭子は、「東京」に憧れてやまなかった。

東京へ東京へとてこの坂を行きて戻れる葭子の歩み

「あの家に葭子は下宿してました」坂の上なる屋根を仰ぎて

「あの家」とは、乙津の雑貨商森屋りつの奥座敷。葭子を倉片寛一、中川一政が訪ねてきた。

昨日までけふの昼まで君と見し山くれはてて雁鳴きわたる

秋雨に濡れつつ君が越えゆきし山に灯一つともる夕ぐれ

三ヶ島葭子

女(おんな)教師三ヶ島葭子のそののちを知りて仰ぐは卑怯のごとし

ふたたび車で。

「この学校が二宮小学校です」若き三ヶ島葭子の職場

「この家で葭子はビールを飲みました」そんなことまで話題となって

「この坂を分教場まで歩きました」もうすぐ人家のなくなるところ

橋からは山道で、進めば、三ツ合鍾乳洞・大岳鍾乳洞・養沢鍾乳洞がある。このあたり、明治22年の立村当時は神奈川県西多摩郡檜原村。明治26年東京府に編入された。

「今よりも明治の終わりは賑やかで子供もたくさん通ってました」

東京都檜原村に小学校中学校はそれぞれ一つ

東京都檜原村に春浅く水を飲むなり甘しも水は

東向島 ①

2011

猶行き〳〵て、武蔵の国と下つ総の国との中に、いと大きなる河あり。それをすみだ河といふ。

『伊勢物語』

這い上る蔦の葉並を風が撫で葉裏に声の湧きたつごとし

ここに来て橋脚をうつ川水の音の濁りをのぞく釣り人

隅田川ながれに暗く貌のあり男の声によき艶のあり

堀辰雄の家址に説明板。
そこを過ぎてなお歩く。

軒低き木造家屋の間より出現したりスカイツリーは

スカイツリー組み上げられる鉄骨の近づくほどに全貌見えず

のけぞりて仰ぐ高塔　ひとびとの水銀のように揺れる表情

蕎麦屋のメニューにタワー丼というあり。食べ方の解説に曰く、「写真は早めに撮り、熱いうちに食す。白い器のたれをかけ二本目の海老は大根おろしで」。業平橋駅から東向島駅へ。小さく、旧玉ノ井と表示あり。

名を変えて表情変えて駅のあり知らん顔して電信柱

ここが『墨東奇譚』の舞台。

大粒の雨が降り出し広げても傘に女の入っては来ず

下町の小さな町工場が日本の戦後を支えた、と知ったのは、何時であったか。

大量のだっこちゃん人形あふれでて戦後日本を流れゆきたり

ツイストにサーフィンそしてフラフープ誰もが群れて汗をかいていた

東向島 ② 2011

向島百花園は、佐原鞠塢によって360本の梅が植えられ、文化2年（1805）に開園した。

ほどのよく波うつ広葉を指に触れ柏の樹下を過ぎ来たるなり

「朧夜やたれをあるじの墨沱川」水のほとりの洒落者其角

葉の陰にはにかむごとき青梅をひとつふたつと声もて数う

梅の木の向こうの空の真中に聳え立つなりスカイツリーは

空蟬の世のうきことはきこえこぬいわおの中も秋風のふく
（百花園内の鶴久子歌碑）

秋風の吹くまで暑く憂き夏を越えねばならず3・11以降のわれら

さえざえと茎のいただき紫につゆくさ蕾の二つを割りつ

白鬚橋を越えて泪橋まで。常磐線南千住駅脇の国道464号線はかつての日光街道、江戸への入り口であった。

罪人の曳かれゆきしという道を泪橋まで回向院まで

明和8年（1771）3月4日、杉田玄白は中川淳庵、前野良沢とともに死体の解剖実見をして、『ターヘル・アナトミア』の翻訳をこころざす。

小塚原の腑分けに始まりたる医術あるいは刀の試し切りなど

人体を剖きゆくとて研がれつつ静かなりけん刃いちまい

人が人を裁くに是非のあり　されどここに刑死の累々として

いつの時代にも無念はあったろう。無念を解ろうとして解るはずはない。ただ知るのみ。

近代の胎動としてここに果て吉田松陰・橋本左内

桜田門事件の罪を問われたる妓女滝本と名を残すあり

つきあぐる腕の墓標に並びおり悪女と呼ばれて高橋お伝

常磐線の線路が回向院を分断したため、南側は独立して延命寺となった。小塚原刑場跡は延命寺内にある。３・11の地震のため、高さ３メートルの首切り地蔵は、パーツに解体されて台座の脇に並んでいた。

観念の部分となりし石ぼとけ梅雨の晴れ間の首切り地蔵

向島一帯は、開発に取り残された地域だという。それゆえ曲がりくねって細い路地には古い時間の風が吹いている。

東京と江戸の時間を往き来してわが足が踏むアスファルト道

隅田川水のながれの一流れ手のひらひらり　招くがごとし

のぞきこむ水面（みなも）を過ぎてゆく声の人の数々　それぞれの顔

行田 ①

2012

武蔵水路にそって埼玉古墳群へ。1967年に完成したこの水路は全長14.5㎞。行田市の利根大堰で取水した水を鴻巣市の荒川まで運ぶ。東京都水道局の約4割、埼玉県企業局の約8割の給水エリアへ水道水を送っている。

表情を変えぬ水路に風のたち古墳公園までのお喋り

武蔵水路はただいま大規模工事中。

昨夕の豪雨の名残りの水たまり足を濡らして旗を振るあり

工事場に男は赤き旗を振り白き旗振り　振り続け　振る

さきたま古墳公園には九基の古墳がある。
東方より光は射すと王の柩現れて輝る一ふりの剣
（行田市出身の濱梨花枝歌碑）

秋草に膝まで埋め歌碑を読むザワリザワザワ葦原の風

古墳は、利根川と荒川に挟まれた平地にある。１９６８年の発掘調査で出土した鉄剣は、刀身両面に金象嵌の漢字が判読され、古代史解明の貴重な資料となった。資料館ガラスケースの中の１５００年前の文字に、向き合う。

職工の手になる剣の金の文字　王権は洗練を呼び華麗なり

「獲加多支鹵大王寺在斯鬼宮時、吾左治天下令作此百練利刀、記吾奉事根原也」（銘文に）

むかしむかしヲワケの臣が彫らせたる誇らしき金の一一五文字

名を残す力は遠く都より及びてここまで来しヲワケかも

この一帯は現在、「さきたま古墳公園」として整備が進んでいる。資料館で埼玉県消防学校の生徒たちに行きあう。

韓半島の蹄の音をおもわせて鉄板のあり馬の冑ぞ

交易の跡をつないで石積みの富津海岸房州の石

練る・叩く・焼く・目の前に置いて見る土塊（つちくれ）が歌を歌いはじめる

今し水より上り来たれる岩のうえコウと鳴くやに水鳥埴輪

背をのばし埴輪のおんなは歩きだす頭上に大き壺を運びて

左手は胸におかれて静かなり埴輪の男　口をすぼめて

銀象嵌鐔付太刀(ぎんぞうがんつばつきたち)の鉄錆に浮きあがり細く銀線の妙

空気の澄んだ秋の午後、広い古墳公園には、樹木の手入れの音が長く響いていた。

ひとしきり身じろぎなして葦群は立ち上がりたり風ゆきし後

草刈機うなる水辺の眠たさや草の匂いを押し分け歩く

膝に来て蜻蛉は茶色の目の玉を思い出したるように動かす

草に引く影の濃さなど言いつのり老夫婦あり忍川(おしがわ)の辺に

丸墓山古墳に上ると、はるかに忍城が見える。1590年、小田原征伐に際して忍城攻略の命を受けた石田三成はここに陣を張り、水攻めのため、28kmの土堤を作ったと伝わる。間もなく、ここを舞台とした映画「のぼうの城」が公開される。

盛り土は石田堤と名を残し古き戦の跡なりという

導かれ如何なる音に襲い来し利根川の水荒川の水

早馬の駆け来し道かどこまでも関東平野どこまで平ら

「夏草や兵どもが夢の跡」芭蕉
堆積する時間。

土はついに深き森なる物語ほのあたたかく人を抱きつつ

蓮池に空より斜めの日は射して折れ茎一本一本の濃さ

行田 ② 2013

年が明けた。流れる水が見たくなった。水が力を運んでいる。

あたらしき年の光の射すところそれぞれの水にそれぞれの音

赤錆の有刺鉄線はがされて剥き出しの水　煌めきやまず

商店街アーケードには時計屋
煎餅屋豆腐屋布団屋と並ぶ。

白抜きの「とうふや」文字のやわらかさ車停めればいちがつの風

いちがつの光は揺れて真っ白な豆腐しずかに掬われんとす

足袋行商の旅宿「松の家」に寄る。行田は足袋の生産地として知られ、かつては全国から行商人が集まった。

玄関の古き板間に膝そろえ女将が古き行田を語る

ここらへんは田舎ですからと言う声を田舎の空気を吸うごとく聞く

中心へ中心へなびく草原の関東地方の風向きに会う

足袋から軍手、そして工場誘致。行政は、「首都圏外縁部の立地優位性を生かし、周辺との調和を図り、地域に開かれた工業団地を目指している」。

水の辺のフェンスに繁る蔓草を煽り煽りて青きトラック

冬の田のひかりに白く浮き上がり物流倉庫／部品工場

足元を見よ額(ぬか)あげて青空をあおげというも懐かしき比喩

真四角の建築物がたちならび工業団地という一区画

工場の廃水臭い鼻つまむということもなく近郊の街

鉄道の駅周辺の地価のこと日向で煙草を燻らせながら

シャッターを下ろす響きに続くこえ土地の言葉は濡れいるごとし

忍城跡水城公園の池にはいつでも釣り人がいて。

ずっしりと重く冬水溜めながら池しずかなり輝き載せて

風よけの黒きフードに顔しずめ平らな水に垂らす釣糸

堀池の水は光を弾きつつうずくまる人が輪郭となる

視覚ではなく、
嗅覚で記憶し
たいのだが。

訪ねたる街のにおいを思いつつ思い出せずにいる帰途の道

珍しく路上で子どもが遊んでいる。

しゃがみ込み空を見あげる幼子が暮れ残りおり関東の地に

姨捨

2014

みすずかる信濃の谷へくだりゆく水もすずしく音たてにけり

篠ノ井線、標高551ｍの山腹。姨捨駅へスイッチバックのため、踏切内に、電車が停車していた。

姨捨の駅に車輌はみちびかれ道ゆく媼の眉うごきたり

強い傾斜の細道。

風のふく踏切こえて下り坂広くまばゆく陽光の色

量感のありて棚田は眼の下にひらき巨きな光の器

棚田の向こうは、一望の善光寺平
である。その向こうは山また山。

指さして歩き出すとき土を踏みひとりひとりの歩みはありぬ

下り行くわれら光を追うごとし山を見んとて手の平かざす

土壁の古屋の柱の蜘蛛の巣に光るを見つつ坂踏みくだる

明治と読み馬頭観世音五月十七日と読み秋冷の道に声をたてたり

江戸時代に大池が整備され棚田の開発は広がったという。斜面をながれる水が速い。冷たい。

生れつつ死につつ山の水流れおのずからなり水は斜面に

山水を口にふくみて黙りおれば山神様の声きくごとし

行きずりの農夫はよけれ棚田なる稲架の陰より出す顔よけれ

道標に田毎の月と読む先の冠着山(かむりきやま)をあれと指さす

長楽寺に姨捨伝説あり。句碑・歌碑が並びたつ。「おもかげや姥ひとりなく月の友」芭蕉

むかしここに捨てられ息の消ゆるまで月を見ていし人もありけん

誰の声聞くやはるけし寂しさを慰めかねつ更科に来て

伝説の暗闇深く人々の声のかずかず息のかずかず

姥石にならぶ観音堂をゆく風の表情　あ、あの人がいる

うちなびく山の木の葉の傾斜地のひらり光のさすところ　顔

今夜は上山田温泉泊。姨捨伝説の男が住んでいたところ。男は、一度捨てた姨を連れ戻した。

柿の実の色づくころを男の腕に引き上げられて山道にあり

打ち伏して赤萩白萩まだ咲けりほうと息はく山の神様

たとえば、媼が眉を動かすほどの時間を、
人は血まなこに生きて死ぬのかもしれない。

伸びてゆく無邪気な白い根が絡むヒヤシンス　村落共同体の静けさ

Ⅱ　運ばれる眼

都電荒川線早稲田駅まで

２０１３・０９

県境を流れる水の明るさを越え来て都電三ノ輪橋停留場

ようやくに辿りつきたる樹のごとし会いに戦ぎて声たてにけり

やわらかに曇る七月ビルの間を抜けきて路面電車に揺らる

膝の上に麦わら帽を置きながら軌道の揺れに女（め）わらべ眠る

くれないの色揺れながら女わらべの産毛の耳のふたつを飾る

乗り来ては料金箱の前に立つ老いたる男の真面目なる顔

日本の顔なり媼一人また一人　コインの落ちる音して

街上を前へ前へと進み行きチンチン電車は昭和の音だ

伝鐘の響きに若き父の手を摑み見ていき運転席を

掲げある路線図　駅を吹き過ぎて風あり街を串刺しに行く

路面なる引込線のスイッチを荒川車庫前ごっとんと越ゆ

人間の歩く速さに行く街の曇りながらにやわらかき日は

救急車をやりすごしてはおもむろに路面を進む一両車両

対向の車両に脚を組み替える人ありと見るも過ぎて忘れん

勾配を上りて停まり下りては進みゆくなり荒川線は

消え残るそろばん塾の看板も雨に濡れいん過ぎて降り出す

吊り革を摑めば記憶が立ちつくす黴の臭いを運び来たりて

カーブする路面電車にひらけゆく線路あかるし早稲田駅まで

一揺れのありて面影橋すぎて人はおのおの立ち上がりたり

枇杷色の車両に淡く沁みとおり夕のひかりは声のごとしも

ちょっと自転車　２０１３・１２

遥かにも高圧鉄塔　田を越えて連なるは美し日の澄む午後は

ブレーキを強く握りし一瞬を煽られたりきトラックの銀色(ぎんいろ)に

一羽とて飛ばずと見るに風たてば風に圧されて動く稲の穂

刈入れに少し間のある稲の穂が立ち直るらしわれの背後に

残されて均され晒され線路脇に「鴻巣都市計画生産緑地地区」

くさはらに虫の音近く遠くありこけしの眼（まなこ）のように涼しく

つぶつぶと紅（くれない）こまかき一叢を過ぎて水引草と思いぬ

腕に肩に顔にひやりと風うまれふたたびペダルを強く踏みこむ

秋の日の氷川八幡境内に人おらず鳥の飛翔もあらず

誰の手も届かぬ高さに大鈴の三つ掛かりて拝殿しずか

箕田源氏渡辺綱はここに生まれ長じて鬼を退治せしとぞ

渡辺党　この地に力を蓄えて駆けて京(みやこ)へのぼりけり昔

あかときの風の名残りの銀杏の粒を轢きつつ舗道をすすむ

大公孫樹の下に自転車停めながら水の透明をラッパ飲みする

前輪に小石撥ねたり境内を抜け行くときの土の凹凸

昭和廿九年建立の英霊塔に名前となりたる人々を読む

晩年の父の日記に「あれから」と戦時回想ありき　一行

かなしみは夕空とおき雲の色かがやきながら形を変える

風景はかくまで優しくあるものを記憶にひびく捨て台詞あり

いずこより来るや匂いの懐かしさ何と知られぬままに過ぎたり

東海道新幹線ひかり509

2014・03

はつはるの駅舎に並ぶ改札機過ぎるそれぞれ　それぞれの靴

黒きあり白き黄色き膚の色カートを引いて前方を見て

改札機抜けたる二枚をつまみあげ東京駅の雑踏にいる

制服の男女しずかに礼深し降り来る人を迎えんと並ぶ

新幹線車両はホームに安らうを人は掃く拭く払う集める

ひびきつつ十七番線のアナウンス攻撃的に発車を告げる

乗りこめば発車したれば逸れようもなくしばらくは運ばれる人

昨夕のニュースに報じられいたる火事現場跡も眼下(まなした)を過ぐ

テロップの車内ニュースを目に追えば「佐藤錦の初出荷」とぞ

つづいては「北米寒波」と文字流れリクライニングシートを倒す

セーターに冬の光を吸わせつつ運ばれてゆくわれわれの「今」「ここ」

窓側の２Ａのここに数々の人が朝日を浴びいし時間

ゆがみつつ高層ビルの側壁を流れゆくがに映りかがやく

駅弁の牛蒡の甘煮の味としてわれの「今」「ここ」書きとめておく

乗車券拝見に来て赤丸の今日の日付を押して去りたり

一本の木を見しごとく東京の束なすビルも過ぎて忘れん

矢作川やさしき形に現れて流れていると思う間もなし

膝の上にコートを載せて温めおり左の視野を川過ぎるとき

飛び降りてみる妄想もはかなくてまっすぐ名古屋へ運ばれ来たり

「今」「ここ」が名古屋のホームとなりたればすなわちわたしが歩き始める

神田川クルーズ　①　２０１４・０６

春の日の船着場へと舟は寄りひとりひとりと人の乗りゆく

岸迫る水路の奥より来る水にわれらここより運ばれんとす

おのずから川面に水脈（みお）は生まれつつ日本橋川流るともなし

日本国道路元標　船上に眼を滑らせ仰ぎ過ぎたり

魚河岸の賑わいありきと指す声に身を乗り出だすも橋の下闇

頭上なる首都高速を行く眼（まなこ）　橋脚濡るるに近づく眼（まなこ）

配られて毛布に膝を温めつつ無蓋の舟に風をよけつつ

やわらかく水の反射は絡み合い常盤橋裏ふくらみ　縮む

水の上に光が揺れる　揺れながら生(あ)れて崩れて形象自在

パレットに混ぜゆく色の照りに似て水面にダクトの形が歪む

石橋に滑車の黄色　吊るされて大震災の補修工事とぞ

しずかにも重機は首を垂れており震災ののち三年の春

舟縁にシャッター音は続きたり橋を見上げて顔を並べて

日を浴びて春の川岸　石組に排水口の暗闇しずか

覗き込めば水の濁りは臭いたつ江戸舟運の櫂のはるけさ

街をゆく人の知らざる水の音うまれて消えてうまれ続けて

行く舟に寄り添うように思い出は滑らかに来て一ところ照る

神田川水源ちかく暮らしたるわが少女期を呼びおこす風

父ありて母ありし弟ありし日のあわれ遥かなる人々の声

川波の一つ一つのひく影が水の重さをわれに思わす

神田川クルーズ　②

２０１４・０９

早咲きの桜しずかに咲き盛り水の面に平たく映る

鎖されたる鉄の水門その奥も水のあるらし水の細道

「今日の天気晴のち曇14℃」陸(おか)を見上げて赤き字を読む

岸壁を烈しく水は落ちやまず暗き穴より落ちやまずけり

青空に突起現れそこを過ぎ「土地活用」の看板も過ぐ

橋裏にはたらき足場を組む人に間近く舟は寄りて過ぎたり

外様なる大名普請の石橋ぞ「航行注意」「頭上制限有」

しろがねの東京ドームの屋根光り神田川へと舟すすみ入る

御茶ノ水駅の工事を指さしてガイドの声はひときわ高し

正面にコンクリートアーチうつくしく聖橋見ゆわれに近づく

聖堂とニコライ堂をつなぐ橋　水の揺曳　橋裏の照る

川縁の家の裏窓　見てならぬものもあるべし赤色の垂る

繋留の釣舟ならぶ柳橋くぐれば広く広く空あり

神田川ほそき流れは水源の井の頭池よりここまで来たる

東京の街をながれて来たる水ここより隅田の川の川水

迫力の高速道路は美しくカーブ描けり川を跨ぎて

鉄骨の重き量感　黙考の男の感じ　永代橋は

採茶庵ありしというもこのあたり水に運ばれ旅立ちにけり

八丁堀茅場町経て兜町すぎて江戸橋日本橋まで

川舟より陸にあがれば歩きたり動くに固く街を感じて

熱気球

２０１４・１２

ワシントン郊外で気球に乗った。二十年も前のことだ。風の運行にまかせて
地上百メートルほどの高さを進むときの景観が今もときおり蘇る。

草道をヘッドライトの這うところ光る眼(まなこ)が跳ねつつ動く

犬の目にわれら囲まれいたりけり小屋より太っちょ主あらわる

ピックアップトラックの荷台に畳まれて熱気球いまだ黒き塊り

郊外の野原へ運ばれゆく道にここアメリカの朝明けはじむ

朝露にしめる草生に組みあがる熱気球の辺（へ）の日本人われ

点火して浮き上がらんとする籠にしがみつきてはカナブンになる

ぐらりぐらり浮きあがりゆく傾きにようやく慣れる俯瞰の位置に

頭(ず)に近く烈しく燃えるバーナーに灼かれて宙の一点となる

首筋を灼かれながらに目の下の野を走りゆく群れを指さす

猟犬も引き連れられて川へ行く牧場の朝を疾駆してゆく

風に乗り高度たもてばアメリカの地平遥かにきわやかな朝

中空を流れる籠(バスケット)に乗り合わせわれら八人肩を並べて

ジャパニーズと聞こえて後にホワイトの口を洩れたり薄き笑いは

雲の間を落ちて途上にいるごとし牧場の朝を宙づりにゆく

わが乗れる気球の影よアメリカの野面を森をふわりと這って

廻らせて柵あり朝の影を曳きところどころの馬を見おろす

いっぽんの道にしたがい追ってくるピックアップトラックの白の小ささ

どこまでも流されれ野原の風になるなどは退屈　人間がよい

なにがしの屋敷の芝生に気球より二本の足の重さを移す

*

遥かなる記憶をふたたび書き直し濃き輪郭のここにわたくし

東京モノレール　２０１５・０３

しろがねのレールを跨ぐ車両にて運ばれてゆく空港までを

浮くように靡くようにも動きだす東京モノレール冬晴れの日を

むらさきの旅行ケースを重ね終え眉濃き男も街を見下ろす

一九六四年東京オリンピックの遺したるモノレールまた高速道路

浜松町駅を発して難工事に成りたるという立体交差越ゆ

街裏を流れる水路の暗がりと見て過ぐ過ぎてふたたび思う

水面は箔置くごとし揺れやまぬ銀のきらめき金のささやき

人工の水路や島や　硬質の輪郭のなかに身体ぐにゃり

わが視野を黄色が太く飛びゆきぬ忘れていたる広がる感じ

風音を聞く心地にてたちまちに非常階段らしきも過ぎぬ

跨座式のモノレールなれ空の色海の色へと一続きなり

懸垂式なれば如何にか跨座式のモノレールより鷗浮く見ゆ

空中に浮かぶごとくに駅見えて近づき迫り呑みこまれたり

待避線に追い越しを待つ運転士頭上へ大きく手を伸ばしたり

宙に浮く太きレールが切り替わり各停車両はふたたび動く

上り詰めくだりゆくとき一息の東京湾に光のレール

傾きのきつくなるとき水面はふいに戻れる記憶のごとし

息をのむ間（ま）を暗闇に滑り込み地下なる新整備場駅に着く

都心より繋がる軌道を運ばれてマクロの視点ミクロの視点

遠景の高層ビルがいつまでも沖にともれる灯火とも見ゆ

地球　２０１５・０６

白じろと雪ふる前のしずかさに空のうつろは広き胸郭

やがて来る氷河期のため何すると地球人われらパンちぎりつつ

衛星の画像の青き球体に鯨もいるぞドローンも飛ぶぞ

光ありて一億五千万キロのここに小さく芹を芽ぶかす

さみどりのソヴィエト連邦のせている地球儀に探すデュッセルドルフ

もう西へたちゆく娘　軋みつつ春のファックス白紙（しらかみ）を吐く

時差超えて彼らの飛行機行くことも大発見のごとく楽しも

見送りに行かざる朝の淡雪が椿の赤き花濡らしおり

朝（あした）より降りみ降らずみ人の住む家をささえて地（つち）の質量

影となり光となりて地につもるその上にわが足裏を置く

うたがわぬ生きものとして素裸の足に砂地をゆきし跡あり

チューリップ花首あかあか揃い咲き地上に渡航制限区域

一陣の風のゆく間(ま)に地雷原グーグルマップに指を滑らす

サイレンのゆくりなく鳴り月蝕の夜の出動が人を覚ましむ

重そうなまつ毛かたむけ眠りおり少女いつまで　いつまで平和

つきるまで歩くほかなしビルの間を蟻の眼(まなこ)をたずさえ歩く

雨の夜を眠らんとして沖までの水の平の暗かりしこと

開きたる身の透明の柔らかさ水母いずれの海に生(あ)れつぐ

回り回り巡り巡れる水の音ここは何処ぞ息太く吐く

球形はこよなきものよ果てもなく自転公転地球に乗って

あとがき

二〇一二年に歌集『やわらかに曇る冬の日』（北冬舎）をまとめてから十年が経った。作歌は休まず続けてきたが、続ければ続けるほど一つにまとめる踏ん切りがつかなくなった。ものぐさのためもあるが、編集を始めると、纏めようとする自分と、纏められたくない自分がせめぎ合う。同じ場所で地団太踏んでいる子どもの気持ちに似ているかもしれない。それではいけないと、十年間のうち、「眼の移動」について考えた作品を一冊にすることとした。目の移動は、つまり散歩をしながらの嘱目である。

前半の「土を踏む」は、北冬舎のご厚意で「北冬」に連載したもの、後半の「運ばれる眼」は、現代短歌社のお招きで、「現代短歌」に掲載したものである。みずから歩く経験と、乗物で運ばれる経験に、どのような違いがあるのか興味があった。地を歩く自分と、交通手段に身を委ねている自分では、風景や人や音や匂いに対面する心の動きが違う気がする。作歌によって、何かの納得が得られるかもしれないと思ったのである。突き詰めれば、自分とは何かということなのだろうが、突き詰めるのは苦手である。

編集にあたり、十年前の自分の言葉を読みながら、言葉の不思議を噛みしめた。これを機に、十年間の他の作品も整理してみようと思っている。

二〇二二年四月

今井恵子

今井恵子（いまい・けいこ）

1952年　東京生。
1973年　「まひる野」に入会、武川忠一の指導を受ける。
1982年　「音」創刊に参加。
2003年　短歌ユニット〔BLEND〕を創刊。
2006年より「まひる野」にもどり現在、編集委員。
歌集に『分散和音』『ヘルガの裸身』『白昼』『渇水期』『やわらかに曇る冬の日』、歌書に『富小路禎子の歌』、編書に『樋口一葉和歌集』。
第26回短歌研究評論賞受賞。

まひる野叢書第三九一篇
歌集　運ぶ眼、運ばれる眼
二〇二二年七月二十二日　発行
著　者　今井　恵子
発行人　真野　少
発行所　現代短歌社
〒六〇四-八二一二
京都市中京区六角町三五七-四
三本木書院内
電話　〇七五-二五六-八八七二
印　刷　創栄図書印刷
定　価　二九七〇円（税込）

ISBN978-4-86534-389-2 C0092 ¥2700E